Séanna

Peadar Ó Laoghaire
Léaráidí: Marie-Louise Fitzpatrick

Cois Life Teoranta • Baile Átha Cliath

An chéad chló 1996
An dara cló agus an t-eagrán bog seo 1998
© an eagráin seo Cois Life Teoranta

ISBN 1 901176 5 3

Leagan coimrithe cóirithe de *Séadna* leis an Athair Peadar Ó
Laoghaire, Brún agus Ó Nualláin Teo. 1904.
Léaráidí: Marie-Louise Fitzpatrick
Cóiriú téacs: Caoilfhionn Nic Pháidín
Clúdach: Marie-Louise Fitzpatrick / Eoin Stephens
Clóbhualadh: Criterion Press, Baile Átha Cliath

Nóta: *Tá na focail sa chló Iodálach mínithe ar leathanach 64.*

Do Dhonncha agus d'Iarla

1

Bhí fear ann fadó agus is é ainm a bhí air ná Séanna. Gréasaí ba ea é. Bhí teach beag deas cluthar aige ag bun cnoic ar thaobh na fothana. Bhí cathaoir shúgáin aige a rinne sé féin dó féin. Ba ghnáth leis suí inti um thráthnóna nuair a bhíodh obair an lae críochnaithe, agus nuair a shuíodh sé inti bhíodh sé ar a shástacht.

Bhí *mealbhóg* mine aige ar crochadh in aice na tine, agus anois agus arís chuireadh sé a lámh inti agus thógadh sé lán a dhoirn den mhin, agus bhíodh sé á cogaint ar a shuaimhneas. Bhí crann úll ag fás taobh amuigh de dhoras aige, agus nuair a bhíodh tart air chuireadh sé lámh sa chrann sin agus thógadh sé ceann de na húlla, agus d'itheadh sé é.

Lá dá raibh sé ag déanamh bróg, thug sé faoi deara nach raibh a thuilleadh leathair aige ná a thuilleadh snátha, ná a thuilleadh céarach. Ghluais sé ar maidin agus bhí trí scilling ina phóca, agus ní raibh sé ach míle ón teach nuair a bhuail duine bocht leis, ag iarraidh déirce.

"Tabhair dom déirc ar son an tSlánaitheora," arsa an duine bocht. Thug Séanna scilling dó, agus ansin ní raibh aige ach dhá scilling. Dúirt sé leis féin go ndéanfadh an dá scilling a ghnó. Ní raibh sé ach míle eile ó bhaile nuair a bhuail bean bhocht leis agus í *cosnocht*.

"Tabhair dom cúnamh éigin," ar sise, "ar son an tSlánaitheora." Ghlac trua di é agus thug sé scilling di, agus d'imigh sí. Níorbh fhada gur casadh air leanbh agus é ag gol le fuacht agus le hocras.

"Ar son an tSlánaitheora," arsa an leanbh, "tabhair dom rud éigin le hithe."

Bhí teach ósta i ngar dóibh agus chuaigh Séanna isteach ann agus cheannaigh sé bríce aráin agus thug sé chun an linbh é. Nuair a fuair an leanbh an t-arán d'athraigh a dheilbh. D'fhás sé suas in airde agus las solas iontach ina shúile, i dtreo gur tháinig scanradh ar Shéanna. Chomh luath agus d'fhéad sé labhairt, dúirt sé: "Cad é an saghas duine tusa?"

Agus is é freagra a fuair sé:

"A Shéanna, tá Dia buíoch díot. Aingeal is ea mise. Is mise an tríú haingeal ar thug tú déirc dó inniu. Agus anois tá trí ghuí agat le fáil. Ach tá comhairle agamsa le tabhairt duit – ná dearmad an trócaire".

"Tá go maith," arsa Séanna. "Tá cathaoir bheag dheas shúgáin agam sa bhaile, agus *an ulle dhalltín* a thagann isteach suíonn sé inti. An chéad duine eile a shuífidh inti, ach mé féin, ba mhaith liom go gceanglódh sé inti!"

"Faire, faire, a Shéanna," arsa an t-aingeal. "Sin guí bhreá imithe gan tairbhe. Tá dhá cheann eile agat, agus ná dearmad an trócaire."

"Tá," arsa Séanna, "mealbhóigín mine agam sa bhaile agus an uile dhailtín a thagann isteach sánn sé a dhorn inti. An chéad duine eile a sháfaidh a lámh sa mhealbhóg sin, ach mé féin, ba mhaith liom go gceanglódh sé inti! Agus tá crann beag úll agam i leataobh mo dhorais, agus an uile dhailtín a thagann an treo, cuireann sé a lámh in airde agus stoitheann sé úll. An chéad duine eile ach mé féin a chuireann lámh sa chrann sin, ba mhaith liom go gceanglódh sé ann! Nach agam a bheidh an spórt orthu!"

D'fhéach sé suas agus bhí an t-aingeal imithe. Rinne sé a mhachnamh air féin ar feadh tamaill. Faoi dheireadh thiar thall, dúirt sé leis féin: "Féach anois, níl aon amadán in Éirinn níos mó ná mé! Dá mbeadh triúr ceangailte agam, duine sa chathaoir, duine sa mhealbhóg, agus duine sa chrann, cad é an mhaith a dhéanfadh sin domsa agus mé i bhfad ó bhaile, gan bia, gan deoch, gan airgead?" Ní túisce a bhí an méid sin cainte ráite aige ná thug sé faoi deara os a chomhair amach fear fada caol dubh agus é ag glinniúint air, agus tine chreasa ag teacht as a dhá shúil ina spréacha nimhe. Bhí dhá adharc air mar a bheadh ar phocán gabhair, agus meigeall fada liathghorm garbh air, eireaball air mar a bheadh ar mhadra rua, agus crúb ar chos leis mar chrúb tairbh. Leath a bhéal agus a dhá shúil ar Shéanna agus stad a chaint. I gceann tamaill labhair an Fear Dubh.

"A Shéanna," ar seisean, "ní gá duit aon eagla a bheith ort romhamsa. Is cuma duit cé hé mé, ach tabharfaidh mé an oiread airgid duit anois agus a cheannóidh an oiread leathair agus a choimeádfaidh ag obair tú go ceann trí bliana déag, ar an gcoinníoll seo – go dtiocfaidh tú liom an uair sin."

Chuir an Fear Dubh a lámh ina phóca agus tharraing sé amach sparán mór agus as an sparán leag sé amach ar a bhos carn mór d'ór breá buí.

"Féach!" ar seisean, agus shín sé a lámh, agus chuir sé an carn de phíosaí gleoite gléineacha suas faoi shúile Shéanna. "Go réidh!" arsa an Fear Dubh, ag tarraingt an óir chuige isteach. "Níl an margadh déanta fós."

"Bíodh ina mhargadh!" arsa Séanna.

"Gan teip?" arsa an Fear Dubh.

"Gan teip," arsa Séanna.

"*Dar bhrí na mionn*?" arsa an Fear Dubh.

"Dar bhrí na mionn," arsa Séanna.

2

Chomh luath agus a dúirt Séanna "Dar bhrí na mionn", tháinig athrú gné ar an bhFear Dubh. Nocht sé a fhiacla, thíos agus thuas, agus is iad a bhí dlúite ar a chéile. Tháinig sórt crónáin as a bhéal, agus theip ar Shéanna a dhéanamh amach cé acu ag gáire a bhí sé nó ag dranntú. D'fhéach sé suas idir an dá shúil air agus ní fhaca sé riamh roimhe sin aon dá shúil ba mheasa ná iad. Leag an Fear Dubh an t-ór amach arís ar a bhos agus chomhairigh sé.

"Seo!" ar seisean. "A Shéanna, sin céad punt agat ar an gcéad scilling a thug tú uait inniu. Agus sin céad eile duit ar an dara scilling a thug tú uait don bhean uasal a bhí cosnocht. Dá mbeadh a fhios agat. Sin í an bhean uasal a mhill mise."

Le linn dó na focail sin a rá tháinig crith cos agus lámh air. Stad an dranntán. Luigh a cheann siar ar a mhuineál. D'fhéach sé suas sa spéir. Tháinig dreach báis agus cló coirp ar *a cheannalthe.*

Nuair a chonaic Séanna é sin, tháinig ionadh a chroí air.

"Ní foláir," ar seisean, "nó ní hé seo an chéad uair agat ag cloisint tráchta thairsti siúd."

Léim an Fear Dubh. Bhuail sé buille dá chrúb sa talamh, i dtreo gur chrith an fód a bhí faoi chos Shéanna.

"Tá an iomad cainte agat, an iomad ar fad. Seo! Sin é an sparán ar fad agat," arsa an Fear Dubh.

Bhí Séanna sásta.

"Trí bliana déag," ar seisean ina aigne féin. "Agus neart dom tarraingt as ar mo dhícheall. Chuir sé brí na mionn orm, ach bheirimse brí gach mionna agus gach móide duitse, a sparáinín, go mbainfear ceol asat! Slán beo agatsa!" ar seisean leis an bhFear Dubh.

D'iompaigh sé ar a sháil chun teacht abhaile, agus má d'iompaigh siúd lena chois an Fear Dubh.

"Cad a dhéanfaidh mé?" arsa Séanna ina aigne féin. "Feicfidh na comharsana é."

"Ná bíodh ceist ort," arsa an Fear Dubh. "Ní fheicfidh aon duine mé ach tú féin. Ní foláir dom tú a thabhairt abhaile agus eolas na slí a chur, agus radharc a fháil ar an gcathaoir shúgáin úd, agus ar an mealbhóg, agus ar na húlla."

Níor scar sé leis gur tháinig siad araon go teach Shéanna. Is ar éigean a bhí aghaidh tugtha acu ar an mbaile nuair a chonaic Séanna arís an leanbh agus an bríce aráin faoina ascaill aige. D'fhéach sé ar Shéanna go buíoch agus ansin *scinn* sé as a radharc. Go gairid ina dhiaidh sin chonaic Séanna an bhean chosnocht agus d'fhéach sise air go buíoch, agus d'oscail sí a lámh dheas i gcaoi go bhfaca sé an scilling agus ansin scinn sí as a radharc.

Faoi cheann tamaill eile chonaic Séanna, ag siúl ar an mbóthar roimhe amach, an duine bocht ar thug sé an chéad scilling dó. Thug Séanna *sracfhéachaint* ar an bhFear Dubh. Níor lig sé air go bhfaca sé an duine bocht. Nuair a d'fhéach Séanna ar ais bhí an duine bocht imithe. Faoi dheireadh bhí siad ag an teach. Chuaigh siad isteach. Bhí an chathaoir ansiúd in aice an tinteáin. Bhí an mhealbhóg ansiúd ar crochadh ar an dul ar a bhfaca sé ar maidin í nuair a bhain sé an dorn déanach mine aisti. D'fhéach an Fear Dubh orthu, ar an gcathaoir agus ar an mealbhóg. Ansin d'fhéach sé ar Shéanna.

"Aistrigh í sin," ar seisean.

Chuaigh Séanna anonn agus chuir sé a lámh ar dhroim na cathaoireach.

"Ó," ar seisean. "Tá sí ceangailte!"

Chuir sé an dá lámh uirthi. Theip air filleadh ná feacadh a bhaint aisti. Chuaigh sé suas agus bhuail sé lámh ar an mealbhóg. Bhí sí chomh ceangailte de thaobh an fhalla agus a bheadh an chloch ar an leac oighir. Stad Séanna agus chrom sé a cheann.

"B'fhéidir, a dhuine uasail, go bhféadfása an eascaine a bhaint díobh?"

"Bainfidh mé an eascaine díobh seo duit," arsa an Fear Dubh, "ar choinníoll nach dtráchtfaidh tú choíche le haon duine beo ná marbh ar an margadh seo atá déanta agat féin agus agamsa lena chéile."

D'imigh an Fear Dubh agus chrom sé síos in aice na cathaoireach, agus le hordóg a láimhe deise rinne sé fáinne ar an talamh ina timpeall, agus thug Séanna faoi deara gur éirigh, as an áit inar chuimil an ordóg den talamh, gal mar ghal tine, agus go ndearna an ordóg rian ar an talamh mar a dhéanfadh bior dearg iarainn.

Ansin d'fhéach Séanna uaidh ar an gcrann úll agus scanradh air go mb'fhéidir go bhfeicfeadh sé garsún ceangailte thuas ann. Chuaigh sé amach agus an Fear Dubh lena chois. Ní fhaca Séanna aon duine sa chrann ach chonaic sé mar a bheadh éan ar an ngéag ab airde. Bhí an t-éan ag croitheadh a sciathán faoi mar a bheadh sé ag casadh le héirí den chrann ach nach bhféadfadh sé é.

"Tá sé ceangailte sa chrann, a dhuine uasail," arsa Séanna.

Níor labhair an Fear Dubh. Chuaigh sé chun an chrainn agus chrom sé síos agus chuir sé ordóg a láimhe deise ar an talamh ag bun an chrainn. Ansin tharraing sé a ordóg mórthimpeall an chrainn. Chonaic Séanna gal deataigh ag teacht as an talamh san áit inar bhain an ordóg leis. D'éirigh an Fear Dubh ina sheasamh nuair a bhí an méid sin déanta aige. D'fhéach Séanna suas ar bharr an chrainn. Bhí an t-éan imithe. Bhí ionadh ar Shéanna nár chuala sé aon fhothram sciathán, ach bhí an t-éan imithe.

Chuaigh siad isteach arís ansin. Rinne an Fear Dubh suas ar an mealbhóg agus rinne sé fáinne ina timpeall ar an bhfalla, agus tháinig an ghal chéanna as an bhfalla, agus d'fhan an rian céanna ina dhiaidh air. Fad a bhí sé ag cromadh thug Séanna féachaint ghéar ar an eireaball. Chonaic sé amuigh ina bharr ionga mhór fhada cham théagartha, agus bior nimhe uirthi, agus í á síorchasadh féin anonn is anall, mar a bheadh eireaball cait agus í ag faire ar luch.

Thóg an Fear Dubh a cheann agus d'fhéach sé air.

"Seachain an ionga sin," ar seisean, "ar eagla go mbainfeadh sí an tochas díotsa agus go gcuirfeadh sí tinneas in ionad an tochais ort. Imigh suas anois agus aistrigh an chathaoir."

D'imigh Séanna suas agus is é a bhí go critheánach. Chuir sé lámh ar an mealbhóg, agus chorraigh sí anonn is anall ar an bhfalla. D'fhéach sé ar an bhFear Dubh.

"Ó, a dhuine uasail," ar seisean, "táim an-bhuíoch díot! Dia leat!"

Chomh luath agus a tháinig an focal sin as béal Shéanna d'athraigh an Fear Dubh. Thóg sé suas a dhá lámh chomh hard leis na hadharca. Tháinig lasair ghorm as a shúile. Rinc an chrúb. D'éirigh an t-eireaball, shín an ionga agus chuir sé búir as mar a chuirfeadh leon buile. Thosaigh an bhúir sin le dranntú agus bhorr agus neartaigh uirthi gur chrith an t-urlár, gur chrith an teach, gur chrith an sliabh mórthimpeall. Nuair a chonaic Séanna an t-athrú tháinig scamall os comhair a dhá shúl, agus thit sé ina chnap ar an urlár gan aithne gan urlabhra.

3

Nuair a tháinig Séanna chuige féin agus d'fhéach sé ina thimpeall bhí fear na n-adharc imithe. Is é an chéad rud a rinne sé a lámh a chur ina phóca feáchaint an raibh an sparán aige, agus bhí. Bhí sé ansiúd sa phóca céanna inar chuir sé é, agus is é a bhí go breá teann agus go breá trom.

"Sea," ar seisean. "Ní mór dom capall a cheannach agus gan a bheith do mo mharú féin ag dul go dtí an tAifreann i mo chois gach Domhnach agus lá saoire. Agus ní mór dom bó a cheannach agus gan a bheith ag brath ar cheann de na húlla beaga sin chun an tart a bhaint díom. Agus pé rud a dhéanfaidh mé, caithfidh mé rud éigin a ithe láithreach. Ní raibh a leithéid d'ocras orm le bliain!"

Chuir sé a lámh sa mhealbhóg agus chrom sé ar a ghreim beag mine a ithe mar ba ghnáth. Chomh luath agus a bhí tart air chuaigh sé amach agus thug sé leis isteach cúpla ceann de na húlla agus d'ith sé iad.

Ar maidin lá arna mhárach ghluais sé go moch ag dul ar an aonach go gceannódh sé capall agus bó bhainne. Nuair a chonaic Séanna na capaill go léir tháinig mearbhall air. Bhí capaill mhóra ann agus capaill bheaga, seanchapaill agus capaill óga, capaill dhubha agus capaill bhána, capaill a bhí go dea-chraiceann groí cumasach agus braimíní gránna gioblacha. Eatarthu uile bhí ag teip air glan a aigne a shocrú ar an gceann a thaitneodh leis.

Faoi dheireadh leag sé a shúil ar chapall deas ciardhubh a bhí go fuinte fáiscthe agus marcach éadrom lúfar ar a mhuin. Ní raibh duine, óg ná aosta, ar an aonach nach raibh ina cholgsheasamh ag faire orthu ach fear na *méaracán*. Nuair a bhí siad ag déanamh ar an dara claí, thug gach aon duine faoi deara go raibh an capall dubh buille beag ar tosach. Bhí na daoine chomh ciúin sin gur airigh Séanna go soiléir na buillí fuinte ceolmhara crua a bhuaileadh cosa na gcapall ar fhód na páirce, díreach mar a bheadh rinceoir ag rince ar chlár.

Ansin chonaic Séanna agus an t-aonach an radharc. Shearr an capall dubh sin é féin, bhog an marcach sa srian chuige, agus siúd amach é mar a ghluaisfeadh cú agus gur dhóigh leat nach raibh cos leis ag baint le talamh, ach é ag imeacht mar a bheadh seabhac.

Lena linn sin d'éirigh liú fiaigh ón áit a raibh na capaill ag déanamh air. Tógadh an liú mórthimpeall an aonaigh. B'éigean do Shéanna a mhéara a chur ina chluasa nó go scoiltfí a cheann. Bhí gach aon duine ag rith agus gach aon duine ag liú. Rith Séanna agus liúigh sé leo agus ní raibh a fhios aige cad ar a shon.

Nuair a stad an rith agus an liúireach, chonaic Séanna ar a aghaidh amach seisear daoine uaisle agus ceann feola agus bolg mór agus culaith éadaigh uasal ar gach duine acu, agus iad ag caint lena chéile agus ag féachaint ar an gcapall dubh.

"An mór ar a ndíolfá é?" arsa duine acu leis an marcach.

"Ar mhíle punt," arsa an marcach.

Nuair a d'airigh Séanna an focal sin, d'iompaigh sé ar a sháil á rá ina aigne féin, "ní bheadh aon ghnó agam de. Mharódh sé mé."

Cé bheadh taobh thiar de ach fear na méaracán.

"Mharódh sé tú, an ea?" arsa fear na méaracán, "A, mhuise. Greadadh chugat. A ghréasaí bhig bhuí na mealbhóige. Murab ort atá an t-éirí in airde, ag teacht anseo chun capall a cheannach agus gan pingin i do phóca!"

Nuair a d'airigh Séanna an méid sin dhruid sé i leataobh. Shleamhnaigh sé lámh leis síos ina phóca. Bhí sé folamh! Chuardaigh sé póca eile – folamh chomh maith! Chuir sé lámh ina bhrollach, ag lorg an sparáin. Ní raibh a thuairisc ann. Thug sé sracfhéachaint ar fhear na méaracán. Bhí sé sin i bhfeighil a ghnó féin gan aon tsuim aige i Séanna.

"Sea!" arsa Séanna leis féin, "tá deireadh leis an mustar. Níl agam le déanamh anois ach dul ag féachaint an bhféadfainn roinnt leathair a cheannach, agus dul agus cloí leis an ngnó is fearr atá ar eolas agam. Rachaidh mé ag triall ar Dhiarmaid Liath agus b'fhéidir go dtabharfadh sé roinnt leathair *ar cairde* dom, chun go dtiocfadh airgead na mbróg isteach. Thug sé cairde cheana dom, agus dhíol mé é go cruinn agus go macánta."

Bhí sé ag déanamh ceann ar aghaidh ar dhoras Dhiarmada.

"Airiú, a Shéanna, an tú atá ann?" arsa Diarmaid.

"Is mé," arsa Séanna. "An bhfuil tú go láidir a Dhiarmaid?"

"Tá an tsláinte againn, moladh le Dia! Ach cad é seo a d'imigh ortsa le déanaí? Tá tú i mbéal gach aon duine. Deir duine go bhfaca tú sprid. Deir duine eile gur thit an teach ort. Deir duine eile gur mharaigh splanc tú. Deir an ceathrú duine go bhfuair tú airgead ag dul amú. Cad tá ar siúl agat, nó cad faoi deara an obair seo go léir?"

"Ní fheadar, a Dhiarmaid, ach tá aon ní amháin soiléir. Ní bhfuair mé airgead ag dul amú. Is dócha dá bhfaighinn nach mbeinn ag teacht anseo anois ag brath air go bhfaighinn roinnt leathair uaitse ar cairde mar a fuair mé cheana."

"Muise, gheobhaidh tú agus fáilte. An mór atá uait?"

"Dá mbeadh oiread agam agus a dhéanfadh bróga do bheirt níor bheag liom é an turas seo, agus nuair a bheidís sin díolta agus an t-airgead agam dhíolfainn tusa agus thógfainn a thuilleadh."

4

Nuair a tháinig sé abhaile agus é go tuirseach tnáite tromchroíoch, agus nuair a chonaic sé an chathaoir agus an mhealbhóg agus an crann úll, agus chuimhnigh sé ar na trí ghuí bhreátha a loiteadh, tháinig seirfean agus cancar agus buaireamh aigne air i dtreo nach bhféadfadh sé greim mine ná úll a bhlaiseadh. Chaith sé é féin sa chathaoir mar bhí tuirse air, agus ba ghearr gur thit a chodladh air.

Thug an fear bocht an oíche ar an áit sin. Nuair a d'oscail sé a shúile bhí an lá díreach ag éirí. Bhí an fuacht tar éis dul nach mór trína chroí. Chuimhnigh sé ar an sparán agus ar an bhFear Dubh, agus ar eachtra an lae roimhe sin. Ní túisce a chorraigh sé é féin ná mhothaigh sé an t-ualach i bpóca a veiste. Chuir sé a lámh isteach. Cad a bheadh ann ach an sparán! Bhí an dá chéad punt ann go lom slán!

"Sea!" ar seisean, "mura bhfuil buaite ag an méid sin gnó ar a bhfacasa riamh de nithe iontacha! Ní fhéadfadh sé a bheith agam gan fhios dom. Is mé a chuardaigh má cuardaíodh pócaí riamh. Folamh? Bhí siad chomh folamh agus a bhí siad riamh. Más ea, cá raibh an t-airgead fad a bhí mé ag cuardach? Cé thug ar ais é? Cad é an bhrí atá leis an obair? Sin í an cheist. Sin í an fhadhb. Cad é an tairbhe domsa sparán trom teann a bheith i mo phóca, agus ansin ar an aonach, fear méaracán mé a cháineadh os comhair na gcomharsan, agus 'gréasaí beag buí' a thabhairt orm agus é á fhógairt os comhair an aonaigh nach raibh pingin rua i mo phóca?"

Bhí sé ag caint leis féin ar an gcuma sin go ceann i bhfad. Faoi dheireadh phreab sé ina shuí.

"Rachaidh mé anois láithreach agus díolfaidh mé Diarmaid, agus tabharfaidh mé a thuilleadh leathair abhaile liom."

Níor stad cos leis go dtí go raibh sé ar aghaidh theach Dhiarmada amach. Bhí Diarmaid ina sheasamh idir dhá lí an dorais. Ba ghnáth leis a lán dá aimsir a chaitheamh mar sin ina sheasamh sa doras agus a ghualainn leis an ursain, agus é ag féachaint síos an bóthar agus suas an bóthar.

"Airiú, a Shéanna, cad d'imigh ort?" arsa Diarmaid.

"Níor imigh faic, a Dhiarmaid," ar seisean, "ach tháinig mé chugatsa le do chuid airgid. Seo duit é."

Agus shín sé punt chuige.

"Ní raibh sé i bhfad gan teacht isteach chugat," arsa Diarmaid, agus thug sé féachaint ghreannmhar ar Shéanna, "an raibh tú amuigh in aon bhall aréir?"

"Cá mbeinn amuigh aréir, airiú? Nuair a chuaigh mé abhaile ón aonach aréir shuigh mé sa chathaoir agus thit mo chodladh orm, agus geallaim duit gur fhan mé ansin go maidin inniu."

Shín sé an punt chun Diarmada. Ag gabháil abhaile dó, bhí a aigne agus a intinn trína chéile, agus é ag cur agus ag cúiteamh ag iarraidh a dhéanamh amach cad d'imigh ar an airgead lá an aonaigh. Agus i gcaitheamh na slí bhí a lámh dheas sáite go huillinn i bpóca an bhríste aige, agus é ag cur an óir trína mhéara.

"Dá bhfeicfeadh Diarmaid an capall dubh úd ceannaithe agam, ní fios cá stadfaidís na ceisteanna. B'fhéidir, tar éis an tsaoil, gurb amhlaidh is fearr é nár cheannaigh mé capall ná bó. Is cuma liom má tá an t-airgead agam. Déanfaidh mé na bróga agus rachaidh mé ag triall ar Dhiarmaid, agus tabharfaidh mé liom luach dhá phunt, agus ansin luach cheithre phunt agus mar sin de."

Nuair a bhí an méid sin socrú aigne déanta aige, thóg sé greim eile den mhin agus d'ith, agus d'aimsigh sé úll eile agus chogain. Ansin tharraing sé chuige a chuid leathair agus a chuid céarach agus a chuid snátha agus *na meanaí caola agus na meanaí ramhra agus na cip,* agus chrom sé ar obair.

Nuair a bhí an dá phéire bróg críochnaithe aige, d'imigh sé is thug sé leis luach dhá phunt de leathar, agus ansin luach cheithre phunt. Ansin thug sé leis beirt ghréasaithe eile ar a bpá lae, agus faoi cheann tamaill beirt eile. Ba ghearr go raibh a ainm in airde sa dúiche le feabhas agus le saoire a bhróg, agus is chuige a thagadh na ceardaithe ab fhearr, mar is é is fearr a chothaíodh agus a dhíoladh iad. Is ag triall air a thagadh na daoine ba shaibhre agus ab uaisle, ag ceannach bróg mar is ina bhróga a bhíodh an mianach ab fhearr, agus is orthu a bhíodh an déanamh ba dheise. Is ag triall air a thagadh na daoine bochta nach mbíodh airgead na mbróg acu, mar thugadh sé cairde breá fada dóibh. Is minic a thagadh gréasaithe ag triall air nach mbíodh airgead acu chun leathar a cheannach, agus go n-iarraidís air roinnt airgid a thabhairt ar iasacht dóibh. Ag dul go dtí Aifreann an Domhnaigh nó ag dul ar aonach is mó duine a bhíodh ag teacht roimhe ar an mbóthar á rá: "Gabh mo leathscéal, a Shéanna, bheadh an dá phunt úd agam duit, ach gur theip orm an mhuc a dhíol," nó "buaileadh mo mhac breoite agus bhí sé lá agus fiche ina luí."

Bhíodh gach aon duine mar sin agus a thruamhéil féin aige, agus ní bhíodh de fhreagra ag Séanna dóibh ach: "Ná bíodh ceist ort," nó "tóg d'aimsir."

Bhí aon fhear amháin ar thug Séanna *an t-eiteachas* dó. Tháinig sé i gculaith éadaigh uasail, agus é go leathan láidir dea-shláinteach agus go breá *beathaithe* agus a dhá lámh go breá bog geal gan rian oibre ná gnó orthu. Agus seo mar a labhair sé:

"Tá ceist agus *ceannfaol* orm go gcaithfinn a bheith ag teacht chugatsa ag lorg airgid ar iasacht. Ach dhéanfadh céad punt áis mhór anois dom agus ní dhéanfadh sé ceataí mhór duitse é a thabhairt dom."

"Is oth liom a rá nach bhfuil céad punt agam oiriúnach anois le tabhairt duit," arsa Séanna.

Stad an duine uasal agus d'fhéach sé ar Shéanna. Ní raibh aon choinne in aon chor aige leis an bhfreagra sin.

D'fhéach sé ar Shéanna mar a d'fhéachfadh sé ar ainmhí éigin neamhchoitianta. D'fhéach Séanna go seasmhach idir an dá shúil air. Deirtí go raibh féachaint an-choimhthíoch ag Séanna nuair a chuirtí fearg air, agus gur beag duine nach gcúbfadh roimpi. Chúb an duine uasal seo roimpi.

"Ó," ar seisean, "dhéanfadh deich bpunt is daichead an gnó."

"Is oth liom," arsa Séanna, "nach bhfuil deich bpunt is daichead oiriúnach agam le tabhairt duit." Bhain sin an mhóráil ar fad de.

"Tabhair dom deich bpunt," ar seisean.

"Ní bhfaighidh tú," arsa Séanna.

"Aon phunt amháin," ar seisean.

"Níl sé le fáil agat," arsa Séanna.

"Féach, a Shéanna," ar seisean, "níor ith mé bia agus níor ól mé deoch ó mhaidin inné! Ba mhór an déirc duit rud éigin le hithe a thabhairt dom."

Tháinig an fhéachaint úd i súile Shéanna. Shín sé a mhéar chun an dorais.

"Tabhair do bhóthar ort," ar seisean, "a chladhaire díomhaoin."

Is beag ná gur léim sé an doras amach.

Mhothaigh na comharsana go léir go raibh Séanna ag athrú go mór ina mheon agus ina aigne. Is annamh a labhradh sé agus ní gháireadh sé choíche nach mór. Chuir sé uaidh ar fad an crónán. Nuair a bhíodh sé ag obair i dteannta na bhfear ní bhíodh le cloisint uaidh ó mhaidin go hoíche ach an anáil fhada throm agus mionbhuillí an chasúir bhig agus tarraingt agus fáscadh an tsnátha chéaraigh. Idir cheardaithe agus chomharsana, theip orthu glan an cheist sin a réiteach, is é sin, cad faoi deara do Shéanna a bheith ag obair chomh dian chun airgead a dhéanamh agus ansin ag scarúint leis chomh bog?

5

Lean an scéal ar an gcuma sin ar feadh trí bliana. Bhí Séanna lá ina aonar ina shuí sa chathaoir shúgáin agus bhí an scéal ag rith trína aigne ar an gcuma seo:

"Is gearr a bhíodar ag imeacht mar thrí bliana. Is gearr an mhoill ar thrí bliana eile iad a leanúint. Sin é leath na haimsire imithe ansin. Is ait atá an scéal agam. Mé ag obair agus mé ag déanamh airgid chomh tiubh le grean, agus cad tá dá bharr agam? Is mó duine bocht ar thug mé cúnamh dó. Tá cuid acu agus is é mo thuairim gurbh fhearr dóibh nach bhfeicfidís aon leathphingin riamh de. Greadadh chuige mar airgead agus mar sparán agus mar mhargadh! Bhí aigne shuaimhneasach agam sular casadh i mo threo iad."

Sin mar a chaith sé an oíche. Bhuail sé amach ar éirí lae agus suas an cnoc. Shuigh sé ar feadh tamaill ar bharr carraige móire a bhí ann, arbh ainm di Carraig na gCearrbhach. Nuair a gheal an lá agus d'éirigh an ghrian, agus d'fhéach sé ina thimpeall ar an radharc álainn a bhí ón gcarraig, d'éirigh an ceo dá chroí agus tháinig suaimhneas mór ar a aigne.

Ag teacht i gcóngar an tí do Shéanna, d'airigh sé na fir ag caint go hard mar a bheadh scéal mór éigin ar siúl acu. Nuair a tháinig sé isteach stad siad. D'fhiafraigh sé díobh cad a bhí ar siúl acu. "Tá," arsa duine acu, "muintir Mhicil a bheith i mbuairt ar maidin inniu."

D'fhéach Séanna ina thimpeall.

"Agus cá bhfuil Micil?" ar seisean.

"D'fhan sé sa bhaile," arsa an fear a labhair. "Tá báille ag teacht ann ag tógáil cíosa, agus ní déarfainn go bhfuil aon leathphingin airgid sa teach acu."

Ní dhearna Séanna ach casadh agus imeacht an doras amach.

Baintreach ba ea máthair Mhicil. Rinne sé ceann ar aghaidh ar theach na baintrí. D'fháiltigh an bhaintreach roimhe.

"Cad tá ón mbáille?" arsa Séanna.

"Tá, an cíos," ar sise.

"An mór é?" ar seisean.

"Fiche punt," ar sise.

"Seo," ar seisean. "Tá punt sa tseachtain ag dul do Mhicil. Sin fiche punt dá phá roimh ré agat."

"Airiú," ar sise. "Cad ar a shon go dtabharfá an oiread sin airgid dom roimh ré?"

"Ar son an tSlánaitheora," ar seisean.

"Go dtuga an Slánaitheoir a luach duit," ar sise.

Bhí sé imithe sula raibh seans aici a thuilleadh a rá.

Tháinig an báille isteach. Hata bán air. Pluic air. Pus *mórchúlseach* air. Caincín ramhar air. Muineál beathaithe air. Casóg bhréide ghlas caorach air. Bolg mór air. Tárr leathan air. Colpaí air. Bata trom draighean duibh ina lámh. É ag cneadach agus ag séideadh.

"Cíos nó seilbh, a bhean an tí," ar seisean.

Ghlaoigh sí amach ar a mac.

"Seo, a Mhicil," ar sise, "comhairigh é sin agus tabhair don duine seo é."

Leath a shúile ar Mhicil, mar ní fhaca sé Séanna ag tabhairt an airgid dá mháthair, agus leath a shúile ar an mbáille mar ní raibh aon choinne aige go raibh aon leathphingin airgid sa teach. Ghlac sé an cíos agus thug a bhóthar air.

Tháinig Séanna abhaile agus chrom sé ar an obair.

Ba ghearr go raibh Micil isteach ina dhiaidh agus chrom sé ar an obair. Níor labhair aon duine an chuid eile den lá, agus ní raibh le cloisint ach bogfheadaíl na bhfear, anáil fhada throm Shéanna, mionbhuillí na gcasúr beag agus tarraingt agus fáscadh an tsnátha chéaraigh.

Chuaigh Séanna amach faoin spéir agus cheap sé gur luigh scamall anuas ar mhullach a chinn. Dhorchaigh an spéir agus dhorchaigh an talamh. Shamhlaigh sé go raibh a chroí imithe as a chliabh amach agus gurb é rud a bhí in ionad a chroí aige ná mar a bheadh cloch mhór throm. D'fhéach sé soir faoi dhéin a thí féin agus, má d'fhéach, tháinig gráin mhillteach aige ar an teach agus ar an áit, ar an gcrann agus ar an gcathaoir agus ar an mealbhóg. Ag gabháil thar teach comharsa dó, bhí beirt leanaí ag spórt sa chlós agus chomh luath agus a chonaic siad é, rith siad isteach ag screadach.

"Ó, a Mham," arsa duine acu, "tá duine buile amuigh sa chlós agus d'fhéach sé orm!"

Chuir Séanna an cnoc amach de. Bhí radharc álainn ón mullach. Chonaic sé an tsráid agus páirc an aonaigh. Chonaic sé a theach féin agus teach na baintrí. Bhí plásóg bhreá leathan cúnlaigh ar bharr an chnoic, chomh tirim le leaba chlúmh éan, agus chomh bog sin go rachadh duine go glúine inti. Chaith sé é féin sa phlásóg sin ar a bhéal agus ar a aghaidh, agus ní dócha go raibh ar thalamh tirim na hÉireann an lá sin fear eile chomh brúite chomh basctha aigne leis.

Faoi cheann tamaill thóg sé a cheann agus d'fhéach sé siar. Chonaic sé bean ag gabháil aniar. Thug sé faoi deara go raibh sí ag déanamh ceann ar aghaidh ar an áit ina raibh sé féin. Phreab sé ina shuí. Ba ghearr gur aithin sé í. An bhean chosnocht is í a bhí ann!

"Síocháin Dé ort, a Shéanna!" ar sise. "Féach," ar sise, ag oscailt lámh léi. Sin í an scilling úd a thug tú dom ar son an tSlánaitheora."

"Is cuimhin liom é," ar seisean.

"Féach, a Shéanna," ar sise, agus d'oscail sí an lámh eile léi, agus thaispeáin sí dó ar chroí a dearna, liathróidín gloine. Bhí an liathróidín sin agus í chomh solasmhar agus nach bhféadfá féachaint díreach uirthi nó dhallfadh sí tú. Bhí *cáithníní solais* ag imeacht aisti mórthimpeall. Bhí crios beag óir uirthi, agus slabhra óir ar an gcrios.

"Cad é an rud é sin?" arsa Séanna, agus é ag iarraidh féachaint ar an liathróid, agus neart an tsolais ag baint na súl as.

"Is leatsa é," ar sise.

Chuir sí an slabhra ar a mhuineál, agus chuir sí an tseoid isteach ina bhrollach, ar aghaidh a chroí.

"Coimeád ansin é," ar sise, "agus an cás is crua a bhéarfaidh choíche ort, agus an greim is géire a thiocfaidh ort, ní chaillfidh ar do mhisneach."

Ní túisce a chuir sí a lámh isteach ina bhrollach ná mhothaigh sé mar a phléascfadh rud éigin ina dhá chluas. D'imigh an ceo. Gheal an spéir agus an talamh. D'imigh an buile buartha as a aigne agus bhí a chroí féin arís aige.

Ní túisce a bhí an focal deireanach ráite aicise ná tháinig ceo éigin bán ina timpeall a chlúdaigh óna radharc í agus ansin leath an ceo amach agus ní raibh sí ann.

D'fhéach sé ina thimpeall ar an spéir agus ar an talamh. Bhí a aigne chomh suaimhneasach agus a bhí sí riamh i gcaitheamh a shaoil aige. Chuir sé smut de gháire as agus thug sé aghaidh ar an mbaile.

6

Lá arna mhárach a bhí chugainn bhí aonach sa
tsráid. Bhí Séanna ar an aonach le hualach bróg. Bhí
Micil ar an aonach ag seasamh leis an ualach. Bhí an
uile shaghas eachra ann chomh hiomadúil is a bhí an
chéad lá úd a tháinig Séanna ann chun capall a
cheannach. Bhí lucht cleas ann agus lucht rince, agus
lucht ceoil agus lucht cártaí, agus lucht pócaí a
phiocadh. Bhí lucht méaracán ann. Ach más ea, ní
raibh fear méaracán Shéanna orthu, nó má bhí, ní
bhfuair Séanna aon radharc air.

Ritheadh an rás faoi mar a ritheadh an chéad lá. Bhí
gach aon duine ag faire air. Nuair a bhí sé críochnaithe
bhí gach aon duine ag rith agus ag liú, ach má bhí, níor
rith Séanna ná níor liúigh sé.

"Féach! Féach! Féach!" ar siad. D'fhéach sé sa treo
ina raibh siadsan ag féachaint. Cé d'fheicfeadh sé ag
gabháil anuas lár pháirc an aonaigh, agus an t-aonach
ag déanamh slí dóibh, ach an bheirt, Sadhbh iníon
Dhiarmada, agus an duine uasal iasachta!

Bhí culaith chraorag ar dearglasadh ar Shadhbh. Bhí
culaith éadaigh uasail airsean, agus é go pioctha
bearrtha, go cumtha cóirithe cothaithe cumasach
dea-chraiceann. Leath a shúile glan ar Shéanna nuair
a tháinig siad ina chóngar. Ba é an duine uasal céanna
é ar ar eitigh sé an t-airgead agus ar ar thug sé 'cladhaire
díomhaoin!'

"A Mhicil," ar seisean le Micil, "imigh suas chomh géar

is atá i do chosa, agus abair le Diarmaid Liath go n-oireann dom labhairt láithreach leis."

Ghluais Micil. Sula raibh sé leath na páirce suas bhuail Diarmaid uime agus d'fhill siad.

"Cé hé sin in éineacht le Sadhbh?" arsa Séanna.

"Níl puinn aithne agam air," arsa Diarmaid, "ach gur duine uasal é ó in aice an bhaile mhóir."

"Cad é an t-ainm atá air?"

"Síogaí Mac Giolla Phádraig a thugann a mhuintir air."

"Cé hiad a mhuintir?"

"Triúr eile uaisle a tháinig lena chois."

"Cad a thug anseo iad?"

"Ag ceannach capall don rí."

"Bhídís amuigh formhór an lae ach is agamsa a thugaidís an oíche."

"Cad é an fuadar é seo faoi Shadhbh?"

"*Cleamhnas* atá socair idir í féin agus Síogaí Mac Giolla Phádraig."

"Ar ceannaíodh puinn capall don rí ?" arsa Séanna.

"An oíche a tháinig siad," arsa Diarmaid, "thug siad dom, le cur i gcoimeád bosca mór iarainn agus é lán go barr d'ór buí. Ar maidin inniu líon siad a bpócaí as, ag gabháil amach dóibh. Nuair a bhíodh roinnt capall ceannaithe acu agus díolta astu, agus iad féin agus a ngiollaí curtha ar bóthar acu, d'fhillidís agus bheiridís tuilleadh den ór leo, agus cheannaídís tuilleadh. Faoi dheireadh bhí an bosca folamh. Nuair a bhí siad ag díol as an roinnt dhéanach bhí trí chéad punt in easnamh orthu. Ní raibh sé oiriúnach agamsa, ach bhí sé ag Sadhbh, agus thug sí dóibh ar iasacht é go dtí go mbeidís go léir i bhfochair a chéile sa bhaile mór."

"A Mhicil," arsa Séanna, "glaoigh ar an mbáille. Tá sé ar an aonach."

Tháinig an báille.

"An mó fear agat?" arsa Séanna.

"Níl ach fear agus fiche," arsa an báille.

"Cruinnigh iad láithreach," arsa Séanna, "tá ceathrar bithiúnach ann agus tá an t-aonach creachta acu."

"Cá bhfios duit an bithiúnaigh iad?" arsa Diarmaid.

"Seanaithne a bheith agam ar dhuine acu. An fear úd a bhí le Sadhbh, tháinig sé ar lorg airgid chugam tá roinnt blianta ó shin ann. Nuair a d'eitigh mé an t-airgead air, dúirt sé go raibh ocras air. Níor chreid mé focal uaidh agus bhí a fhios aige nár chreid mé. Lig sé air ó chianaibh nár aithin sé mé, ach d'aithin chomh maith díreach agus a d'aithin mise é. Má thagann Cormac an báille suas leis cuirfear deireadh lena chúrsaí agus lena chuid uaisleachta go ceann tamaill."

Lena linn sin d'airigh siad an liú fiaigh i dtreo theach Dhiarmada suas. Bhris ar an bhfoighne ag Diarmaid.

"Ó," ar seisean. "Marófar Sadhbh bhocht eatarthu!"

Ghluais siad orthu suas Séanna agus Diarmaid Liath, cos ar chois, go teach Dhiarmada. Ní raibh rompu ann ach cruinniú ban agus leanaí agus seandaoine, agus an tincéir mór ag léiriú dóibh cad a bhí tar éis titim amach.

"Cad é sin adeir sé?" arsa Diarmaid le duine acu.

"Deir sé," arsa an duine, "gurb amhlaidh atá Sadhbh fuadaithe ag muintir an rí, agus go bhfuil Cormac an Chaincín agus a mhuintir imithe ina ndiaidh ar cosa in airde chun í a bhaint díobh, agus í a thabhairt leo abhaile, mar go raibh sí féin agus Cormac réidh chun a bpósta."

Chuaigh siad isteach. Ní raibh aon duine rompu istigh. Chuir siad lámh ar dhoras an tseomra. Bhí sé daingean ón taobh istigh. D'fhéach siad ar a chéile.

"Oscail an doras pé duine atá ansin!" arsa Diarmaid.

"Dúnsa doras an tí ar dtús," arsa Sadhbh. Is í a bhí ann. Dhún.

D'oscail sí an doras agus thaispeáin sí dóibh í féin, agus an clóca dearg uirthi agus sceon inti.

Ní raibh *tásc ná tuairisc* ar Chormac go ceann seachtaine ó lá an aonaigh. Chuaigh gach aon rud chun suaimhnis. Ní fhacthas Sadhbh ná a hathair taobh amuigh de dhoras i gcaitheamh na seachtaine. An mhuintir is mó a bhí caillte le hobair na mbithiúnach is iad ba lú trácht air. An mhuintir nach raibh aon rud acu le cailliúint níor stad a mbéal, ach gach aon duine acu ag síormhaíomh dá mbeadh capall aige féin le díol nach scarfadh sé chomh *mothaolach* sin leis.

I gceann seachtaine d'fhill Cormac. Teach Shéanna an chéad teach ar thug sé aghaidh air. Tháinig Séanna amach ina choinne.

"Sea!" arsa Séanna.

"Crochadh triúr acu," arsa Cormac. "D'imigh Síogaí nó pé ainm atá air. Theip orainn teacht suas leo gur shroicheamar an chathair. Chuaigh mise láithreach ag triall ar mhuintir an rí mar a raibh aithne mhaith orm, agus d'inis mé mo scéal. Ní fhaca tú a leithéid d'ionadh ar aon daoine is a bhí orthu. Agus d'inis mé dóibh conas a chuir tú i ndiaidh na mbithiúnach mé, agus chuir mé ar a súile dóibh conas, mura mbeadh tusa, nárbh fhéidir teacht suas leo in aon chor.

"Amárach a bhí chugainn b'éigean dom dul i láthair an bhreithimh agus an scéal a insint tríd síos dó. Ansin *daoradh iad chun a gcrochta* mar gheall ar an ngníomh a bhí déanta acu. Agus ceapadh lucht cuardaigh féachaint an bhféadfaidís teacht suas leis an Síogaí."

7

Faoi cheann seachtaine bhí ardghleo sa tsráid bheag. Tháinig lucht arm an rí agus an fear cinn riain os a gcionn, agus iad ar a gcapaill agus clóca síoda ar gach fear díobh. Claíomh gach fir ag sileadh síos le maothán a chapaill, agus sleá bhreá fhada ina seasamh in airde i lámh gach fir, agus fir agus mná agus aos óg na sráide ag brú ar a chéile ag iarraidh radharc a fháil orthu.

Bhí Sadhbh in éineacht leo agus Cormac, agus iad istigh i gcóiste breá, agus dhá chapall de chapaill an rí ag tarraingt an chóiste. Bhí clóca dearg ar Shadhbh, clóca ba dheirge go mór, agus ba bhreátha ná an clóca a bhí uirthi lá úd an aonaigh. Bhí fáinní móra óir ar a méara agus búclaí óir ina bróga. Ní caipín a bhí ar an gclóca ach cába, agus mórthimpeall ar fhabhra an chába, agus ag luí anuas ar a slinneáin, bhí sraith de shiogairlíní óir, a raibh orlach go leith ar fad i ngach siogairlín acu, agus iad ag crith agus ag taitneamh agus ag spréacharnach faoi sholas na gréine.

Bhí Cormac ansiúd lena hais sa chóiste ina shuí. Ní raibh aon ornáidí air áfach ach mar a bhí sé riamh. Ba é an báille céanna é. Bhí an pus mórchúiseach céanna air, agus na pluic, agus an muineál ramhar, agus an chneadach faoi mar a bhí air an lá úd a tháinig sé ag éileamh na seilbhe ar an mbaintreach.

Stad an cóiste ar aghaidh theach Dhiarmada Léith amach. Bhí Diarmaid ina sheasamh idir dhá lí an dorais agus a ghualainn leis an ursain aige. Léim Sadhbh amach as an gcóiste agus siúd chuige anonn í.

"Tá ní agamsa le cur os do chomhairse, a Dhiarmaid," arsa Cormac. "Táim féin agus Sadhbh anseo ag cuimhneamh nárbh fhearr dúinn rud a dhéanfaimis ná an chuid eile dár saol a chaitheamh i dteannta a chéile."

"Go deimhin," arsa Diarmaid, "is amhlaidh mar atá an scéal, ní dóigh liom go bhféadfaí aon fhear a fháil in Éirinn is fearr di ná mar a bheidh tusa."

"Tá go maith," arsa Cormac. "Fágfaidh mé ansin sibh agus rachaidh mé soir go teach an tsagairt féachaint cathain a bheidh caoi aige teacht agus sinn a phósadh."

Nuair a bhí an scéal socair agus gach aon duine sásta agus muintir an rí ag cuimhneamh ar chasadh abhaile, tháinig an ceann airm ag triall ar Shéanna agus ghlaoigh sé i leataobh air.

"A leithéid seo, a Shéanna," ar seisean. "Ag fágáil an bhaile dom thug an rí foláireamh dom tusa dul liom síos nuair a bheinn ag filleadh, mar gur airigh sé tuairisc mhór ort agus gur mhaith leis fear de do cháil a bheith in aice leis thíos aige."

"Abair leis an rí, a dhuine uasail," arsa Séanna, "gur *neamhní liomsa saibhreas saolta* agus gur cuma liom beo nó marbh mé féin, seachas toil mo rí a chomhlíonadh. Iarr air suim bheag aimsire a thabhairt dom, chun an méid cúraim atá ar mo lámh anseo a chur i dtreo agus a chur díom."

"Cad é an méid aimsire a bheadh uait?" arsa an ceann airm.

"Bliain agus ráithe, a dhuine uasail," arsa Séanna.

"Tá go maith," arsa an ceann airm.

Dúirt Séanna bliain agus ráithe mar ní raibh an uair sin gan caitheamh de na trí bliana déag ach bliain agus ráithe.

Ach ar aon chuma bhíodh Séanna thall go minic ag caint leis an sagart agus chaithidís a lán den lá i bhfochair a chéile. Bhí sé féin agus an sagart ar pháirc an aonaigh ag caint lena chéile. Tháinig an fear cinn riain chucu, ag fágáil slán ag an sagart, agus cé bhuailfeadh leo ag an am céanna díreach ach Cormac.

"Sea, a Athair," arsa Cormac, "b'fhéidir nár mhiste dúinn iarracht a dhéanamh ar ghnó beag a dhéanamh. Cén uair a bheadh sé caothúil do d'onóir teacht agus an ceangal a chur orainn?"

Ceapadh an t-am. Sula raibh muintir an rí imithe as an áit insíodh dóibh go raibh an lá ceapaithe agus cad é an lá é. Thiomáin an rí teachtaire láithreach le bronntanas fíona don chóisir agus le fáinne do Shadhbh. Tháinig sé díreach maidin lae an phósta agus é tar éis seachtain a thabhairt ar an mbóthar, idir lá agus oíche nach mór. Bhí capall agus trucail aige agus bhí a dhóthain d'ualach ar an gcapall. Bhí ciseán sa trucail aige, ciseán breá mór, a bhí déanta de shlata loma geala, agus é lán go barr de bhuidéil fíona. Bhí, is dócha, céad dosaen buidéal ann. Agus bhí a ndóthain tuí stoptha timpeall na mbuidéal sin sula mbrisfí iad. Níor briseadh aon bhuidéal díobh agus níor oscail an teachtaire aon bhuidéal díobh.

Bhí fáinne óir ag an teachtaire do Shadhbh, fáinne a thug an rí féin uaidh le tabhairt di, fáinne a pósta. Bhí cloch uasal san fháinne sin a bhí chomh mór le súil giorria ba dhóigh leat, agus dhéanfadh an chloch sin solas duit sa doircheacht mar a dhéanfadh tine ghealáin. Nuair a chonaic Sadhbh an fáinne sin, agus an chloch, bhí sí as a meabhair nach mór le haiteas agus le mórtas agus le móráil.

Bhí an tráthnóna ag teacht. Na daoine a fuair cuireadh chun na cóisire bhí siad ag teacht leis. Tháinig

Seán Ceatach agus a iníon. Tháinig Bab an Leasa agus a muintir. Tháinig Nóra an Tóchair agus a beirt deartháireacha, an bheirt rinceoirí ab fhearr a bhí sa dúiche. Tháinig an tincéir mór ann agus is é a bhí go grianach agus go gealgháireach, go séimh agus go súilaibí. Ní bhíodh sé choíche gan rud éigin le rá aige a phriocfadh suas daoine agus a bhainfeadh gáire amach, agus a chuirfeadh daoine ag caint.

Bhí Séanna ann agus é go ciúin agus go fadanálach, mar ba ghnáth leis. A bhéal dúnta agus a dhá shúil ar dianleathadh. É ag féachaint uaidh agus gur dhóigh leat gurb amhlaidh a bhíodh radharc aige ar an saol eile. Ina shuí thuas i dteannta an tsagairt agus Sheáin Cheataigh a chaith sé an chuid ba mhó den oíche. Ní labhradh sé puinn uaidh féin, ach nuair a chuirtí caint air, ní baol go ligfeadh sé a cheart féin le haon duine.

Nuair a bhí an bord leagtha amach ba bhreá leat féachaint air. Bord mór fada leathan ba ea é, ach níor bhord é ach dhá bhord agus iad curtha as a chéile. Thuas ag ceann an bhoird, ar aghaidh an tsagairt amach, bhí píosa mairteola agus bhí sé chomh mór, chomh leathan le leathbhairille. An mhias a bhí faoin bpíosa feola sin ní raibh aon ní ba mhó ab ionadh leis an tincéir mór ná conas a choimeádfadh sí gan briseadh agus a leithéid sin d'ualach uirthi. Ar an gceann eile den bhord ar aghaidh an tsagairt óig amach, bhí ceathrú caoireola. Ar gach taobh den bhord, síos agus suas, bhí an uile shaghas méise, agus iad ag brú ar a chéile agus an uile shaghas feola orthu, idir bhagún agus fheoil uain, agus laofheoil agus lachain, agus géanna, agus mionnáin gabhar agus giorriacha, agus cearca fraoigh agus naoscacha agus sicíní cearc.

Bhí bacaigh agus lucht siúil ón uile thaobh den dúiche cruinnithe amuigh ar an mbóthar agus mórthimpeall an tí agus ní nárbh ionadh, b'fhada gurbh fhéidir féachaint ina ndiaidh agus rud le hithe agus le hól a thabhairt dóibh. Bhí a ndóthain ite agus ólta ag an gcuideachta istigh. D'éirigh siad ina seasamh. D'imigh Sadhbh amach. D'fhill sí láithreach arís agus an clóca dearg uirthi, agus gur dhóigh leat gur coinnle ar lasadh na siogairlíní óir a bhí ar an gcába.

Ansin chuaigh an lánúin suas i láthair an tsagairt agus pósadh iad. Nuair a bhí siad pósta agus beannacht na heaglaise léite orthu rug Seán Ceatach ar phláta glan agus chuir sé giní óir ar an bpláta. Chuir Máire Ghearra giní uaithi féin air. Ní raibh aon duine nár chuir suim éigin airgid air. Shleamhnaigh an lánúin phósta amach. Bhí dhá chapall agus cóiste gafa ar aghaidh an dorais amach agus an giolla thuas ina ionad féin. Ghluais an cóiste an bóthar soir ó thuaidh. Nuair a bhí Sadhbh ag imeacht thug sí na heochracha do Dhiarmaid.

"Bheadh sé chomh maith agat fanacht anseo," ar sise, "agus aire a thabhairt don áit seo. D'fhéadfadh Micil aire a thabhairt don siopa agus an leathar a dhíol."

Ní raibh aon seó ach a raibh de cheol agus de rince i gcistin Dhiarmada an oíche sin. Bhí beirt phíobairí ann agus beirt veidhleadóirí agus fear cláirsí i dtreo nach raibh aon stop leis an gceol. Nuair a stadadh píobaire bhíodh an píobaire eile ar siúl, agus nuair a stadadh veidhleadóir bhíodh an veidhleadóir eile ar siúl. Ghluais an ceol agus an rince; na píobairí ag déanamh uainíochta ar a chéile; an leac á greadadh leis na bróga; an bia agus an deoch á gcaitheamh faoi mar a thagadh dúil ag duine iontu; go dtí gur bhuail solas an lae chucu an doras isteach.

8

Aon lá as sin amach, dá mbeifeá ag gabháil thar teach Shéanna, d'aireofá, mar ba ghnáth, mionbhuillí na gcasúr beag, bogfheadaíl na bhfear, tarraingt agus fáscadh an tsnátha chéaraigh. Dá rachfá isteach d'fheicfeá an chathaoir shúgáin agus an mhealbhóg, agus d'aireofá an anáil fhada throm ó Shéanna féin, agus é ag obair go dian.

Ní fheicfeá Micil ann. Bhí sé thíos i dteach Dhiarmada Léith ag coimeád an tsiopa agus ag díol an leathair agus ag glacadh an airgid. Faoi mar a bhí an aimsir ag imeacht bhí daoine á thabhairt faoi deara go raibh athrú ag dul ar mheon agus ar aigne agus ar bhéasa Shéanna. Thuig an uile dhuine gur duine faoi leith riamh é, agus meon aige agus aigne faoi leith. Bhí sé ina luí orthu go léir, pé muintearas a bheadh agat leis, nach mbeadh aon bhreith agat choíche ar aon eolas a fháil ar an taobh istigh dá aigne. Ach mhothaigh daoine nárbh é an Séanna céanna é le déanaí. Níor ghnáth leis puinn cainte a dhéanamh riamh, ach le déanaí, is ar éigean a labhradh sé in aon chor le haon duine.

Uaireanta thiomáineadh sé leis ag obair chomh dian sin go mbíodh na sruthanna allais leis. Uaireanta eile d'fhanadh sé agus a uille chlé ar a leathghlúin aige, a lámh chlé faoina ghiall aige, agus é ag féachaint an doras amach anonn agus anall ar an gcnoc, mar a bheadh sé gan anam gan anáil. Is minic nuair a bhíodh sé sa mhachnamh sin go bhfeictí a lámh dheas istigh ina bhrollach aige, faoi mar a bhíodh greim daingean aige ar rud éigin a bhíodh ann i bhfolach aige. Ní bhíodh a fhios ag na fir ó thalamh an domhain cad a bhíodh air. Bhí sé leata ar fud na dúiche an mearbhall aigne a bheith ar Shéanna. Ba mhaith le lucht na cainte a rá gurb amhlaidh a bhí *straidhn* éigin air, a bhain lena chuid fola nó lena dhúchas.

Bhí a fhios ag Séanna féin áfach, go dianmhaith cad a bhí air. Bhí an bhliain dhéanach de na trí bliana déag ag imeacht ar cosa in airde. Faoi mar a bhí sé ag druidim le deireadh na haimsire bhíodh an fear bocht ag cuimhneamh níos géire agus níos coitianta ar cad a bhí roimhe. Bhí an méid sin *de shníomh agus d'fháscadh* ar a chroí agus ar a aigne ón síormhachnamh ar an aon smaoineamh amháin sin go samhlaíodh sé uair an chloig níos faide ná lá, fad a bhíodh an uair an chloig ag imeacht; agus ansin nuair a bhíodh an uair an chloig imithe, gur dhóigh leis nach raibh dhá nóiméad inti.

Is minic, tar éis dul a chodladh dó, nuair a bhíodh sé sínte ar a leaba agus gan aon néal codlata ag teacht air, ach a chroí ag cur de agus a shúile ar dianleathadh, go n-éiríodh sé agus go dtéadh sé amach agus suas an cnoc, go dtí go mbíodh sé ar an bplásóg chúnlaigh mar ar thug an bhean chosnocht an tseoid uasal dó. Bhíodh sé ag brath air go mb'fhéidir go bhfeicfeadh sé ann arís í. Ní fheiceadh ach ní bhíodh a chuairt in aisce aige. Thuigeadh sé ina aigne go mbíodh sí ansiúd in aice leis agus go n-airíodh sí a chaint agus go dtuigeadh sí an bhuairt a bhíodh air. Nuair a bhíodh tamall den oíche caite mar sin aige ar an gcnoc thagadh suaimhneas air. Nuair a chíodh sé *amhscarnach* an lae ag teacht thugadh sé aghaidh ar an mbaile agus théadh sé agus shíneadh sé ar an leaba, mar dhea go mbíodh an oíche caite aige inti.

Faoi dheireadh bhí an lá deireanach buailte leis.

"Trí bliana déag is an lá amárach," ar seisean ina aigne féin, "is ea a d'fhág mé an baile chun roinnt leathair a cheannach. Bhí trí scilling i mo phóca agam. Iarradh orm iad ar son an tSlánaitheora. Thug mé uaim iad. Ní raibh aon leigheas agam air sin."

Bheireadh sé ar bhróg agus chromadh sé ar obair. Ba ghearr go gcaitheadh sé uaidh arís í. Bhuaileadh sé amach agus d'fhéachadh sé ina thimpeall, faoi mar a bheadh súil aige le duine éigin teacht. Cheap na fir gur ag súil le duine éigin a bhí sé agus gur dócha gur ghearr go dtiocfadh an duine a raibh an tsúil leis. Dá mbeadh a fhios acu cé leis a raibh an tsúil, is dócha gur ghearr an mhoill a dhéanfaidís san áit! Ní raibh aon bhlúire dá fhios acu agus thiomáin siad leo ag obair ar a ndícheall. Nuair a bhí sé in am stad d'éirigh siad chun imeacht abhaile.

"Stadaigí, a fheara," arsa Séanna. "B'fhéidir go mbeinn as baile amárach agus nach mbeinn anseo in am chun pá na seachtaine a thabhairt daoibh. Tá sé chomh maith agaibh an t-airgead a ghlacadh anois." Agus shín sé chucu an t-airgead.

Chomh luath agus a bhí siad imithe chuir sé an cnoc amach de. Bhí aill ard ar an taobh thuaidh den chnoc. Aill na bhFiach a thugtaí mar ainm uirthi. Chuaigh sé agus shuigh sé ar mhullach na haille sin. Ansin d'fhág sé an áit sin agus d'imigh sé an cnoc siar go dtí go raibh sé ar bharr cnoic eile a bhí ar an taobh thiar den ghleann. Carraig na Madraí ab ainm don chnoc eile sin. Chuaigh sé isteach i bpluais sa chnoc sin. Leaba Dhiarmada ainm na pluaise. D'fhan sé sa phluais ar feadh tamaill mhaith, agus nuair a bhí titim na hoíche ann d'fhill sé chun na plásóige agus luigh sé inti. Bhí an aimsir tirim agus an spéir glan. Bhí sé sínte sa phlásóg ag éisteacht le cogarnach agus le hanáil na gaoithe tríd an bhfraoch ina thimpeall, agus gan aon phioc den ghaoth ag teacht air féin. Ón suathadh a thug sé dó féin ag siúl an chnoic, agus ó sheothó úd na gaoithe tríd an bhfraoch, ba ghearr go raibh an fear bocht ina chodladh go sámh.

Tráth éigin mhothaigh sé faoi mar a bheadh lámh duine ar a cheann, agus d'imigh a chodladh de. D'fhéach sé thairis. Bhí sí ansiúd ar a glúine ag a ghualainn chlé agus lámh léi ar a cheann aici, agus í ag féachaint isteach sna súile air. An bhean chosnocht, is í a bhí ann. Ní raibh gealach ná réiltín ar an spéir, ach í *ina bró chíordhubh*, go hard agus go leathan agus go folamh. Lean sé ag féachaint uirthi. Ní raibh leigheas aige air. Ní fhaca sé riamh ina shúile cinn, dar leis, aon aghaidh duine chomh hálainn le haghaidh na mná sin. Dá bhfaigheadh sé Éire air, ní fhéadfadh sé a shúile a bhogadh di. Faoi dheireadh labhair sí.

"Táthar chugat, a Shéanna!" ar sise. "Tá an namhaid nach mór buailte leat. Táthar chugat go fíochmhar agus go mallaithe. Tá do namhaid ag teacht chun díoltas a dhéanamh ort anois mar gheall ar a ndearna tú d'olc air le trí bliana déag. Oíche amárach a thiocfaidh sé. Tá roinnt de dhearmad air. Is dóigh leis gur ar uair an mheán oíche istoíche amárach a bheidh an aimsir caite. Ní bheidh an aimsir caite go ceann ceithre huaire an chloig ina dhiaidh sin. Ba é an margadh an sparán a bheith agatsa, agus é a fhanacht agat trí bliana déag slán. An lá úd a chuaigh tú ar an aonach ag ceannach capaill agus bó bainne tógadh uait an sparán agus bhí sé as do sheilbhse ar feadh ceithre huaire an chloig. Mise a thóg uait é. Thóg mé uait é gan fhios dósan. Dá gceannófá an bhó agus an capall an uair sin, bheadh an margadh briste agat. Nuair a chonaic mé an fuadar a bhí fút thóg mé uait an sparán. Is chun leathar a cheannach a fuair tú an t-airgead. Tá sé ag faire ort riamh ó shin féachaint an gceannófá aon rud ach leathar air. Níor cheannaigh tú. Roinn tú a lán den

airgead ar shlite eile ach níor *gholl* sin ar an margadh. Ní fhéadfadh aon mhargadh déirc a chosc. Pé airgead a thug tú uait ar son an tSlánaitheora déirc ba ea é. Níl a fhios aige," ar sise, "gur chaith an sparán na ceithre huaire an chloig sin as do sheilbhse. Bhí fiacha air gan ligean d'aon duine an sparán a bhreith uait. Is dóigh leis féin nár lig. Tá sé ag feitheamh le huair an mheán oíche istoíche amárach chun a thoil a imirt ort mar gheall ar a bhfuil d'olc déanta agat air le trí bliana déag, ag tabhairt déarca ar son an tSlánaitheora amach as an sparán a thug sé féin duit, agus nach chun na déarca a dhéanamh a thug sé duit é ach chun go ndéanfadh sé díobháil agus tubaist duit féin agus do gach duine a gheobhadh aon leathphingin isteach ina lámh de. Taispeáin," ar sise, "an rud úd a thug mé duit an lá úd."

Tharraing sé an tseoid amach as a bhrollach agus shín sé chuici í.

"Níl sí chomh solasmhar is a bhí sí an lá úd," ar sise, ag glacadh na liathróide isteach ina lámh. Lena linn seo las an liathróid suas arís ar chroí a dearna, díreach mar a las sí an chéad lá.

"Seo, " arsa an bhean, "cuir chugat arís í. Beidh gnó agat di istoíche amárach." Agus shín sí chuige an tseoid. Chuir seisean arís ina bhrollach í, mar a raibh sí cheana aige.

"Seo," ar sise. "Cuir chugat í seo leis." Thóg sé an scilling agus chuir sé chuige í.

"Éist go cruinn anois, a Shéanna," arsa an bhean, "leis an méid atá agam le rá leat. Oíche amárach nuair a bheidh sé ag déanamh ar uair an mheán oíche, tóg an chathaoir shúgáin agus cuir í díreach san ionad ina raibh sí an lá úd a ceanglaíodh í, agus cuir an scilling sin ar an talamh, istigh faoi lár na cathaoireach, agus clúdaigh í i dtreo nach mbeidh sí le feiceáil. Imigh féin ansin agus suigh i do shuíochán oibre agus bí ag obair ar do dhícheall. Nuair a thiocfaidh an namhaid ná lig aon ní ort, ach lean den obair. Nuair a déarfaidh sé leat gluaiseacht abair leis fanacht go mbeidh an t-am ann. Má thagann leat é a chur ina shuí sa chathaoir beidh an *lámh uachtair* agat air. Ach an gcloiseann tú mé?" ar sise. "Aon rud a déarfaidh sé leat a dhéanamh, ar do bhás ná déan é. Ná déan aon ní a déarfaidh sé leat a dhéanamh."

Fad a bhí Séanna ag éisteacht léi, bhí sí ag druidim uaidh, ag druidim uaidh, ag druidim uaidh, agus bhí an solas ar a haghaidh ag dul i laghad, ag dul i laghad, ag dul i laghad. Sula raibh sí imithe bhí sé ina shámhchodladh.

9

Nuair a tháinig sé as an gcodladh sin bhí an ghrian ag taitneamh anoir air agus í éirithe suas go maith ard, agus í go breá suáilceach gan iomad brothaill inti. Bhí an spéir gan scamall agus an talamh gan cheo, agus ba dhóigh leat gur coirceog bheach a bhí i mball éigin in aice na háite agus saithe ag éirí aisti, bhí foghar na mbeach chomh borb, chomh haibí sin sa fhraoch mórthimpeall. Bhí radharc ag Séanna ar an dúiche ar feadh fiche míle, soir agus ó dheas agus siar. Ansin phreab suas ina aigne cúrsaí na hoíche agus caint na mná cosnocht. Cheap sé ar dtús gur taibhreamh a rinneadh dó. Sháigh sé a lámh ina phóca. Ambaist bhí an scilling aige ina phóca, sa phóca inar chuir sé í nuair a thug an bhean dó í san oíche. Phreab sé ina shuí. B'iúd é thall a theach. Thug sé a dhroim leis agus chuaigh sé an cnoc siar.

Bhí an lá ag dul i mbrothallaí agus bhí tart ag teacht air. Chuaigh sé isteach i dteach agus d'iarr sé deoch. D'aithin bean an tí é. Ba mhinic roimhe sin a thug sé síntiús maith airgid di agus gá aici leis. Thug sí chuige árthach lán de bhainne gabhar agus canta aráin agus briolla ime. Thuig sise go raibh buairt air a bhain leis féin. Níor lig sí uirthi, áfach gur thug sí aon rud faoi deara. D'éirigh sé agus bhuail sé amach, agus cá dtabharfadh sé a aghaidh ach ar Mhullach an Ois suas.

Chuir seisean an cnoc suas de go dtí go raibh sé ar an láithreán breá leathan atá thuas ar an bhfíormhullach. Ghluais sé anonn agus anall ar an mullach ag piocadh na mónadán agus á n-ithe. Nuair a bhí an ghrian ag titim siar d'iompaigh seisean siar arís agus thug sé aghaidh síos ar an teach a bhfuair sé béile na maidine ann. Is ar an mbean a bhí an t-ionadh agus an t-áthas nuair a chonaic sí chuici isteach é.

"Suigh ansin go fóill a Shéanna," ar sise, "agus cuirfidh mé geall leat go ndéanfaidh mé sólaist duit go mb'fhéidir nach ndearnadh a leithéid duit le fada."

D'imigh sise amach san iothlainn go dtí an stáca arbhair ab fhearr a bhí ann agus stoith sí dhá phunann mhaithe amach as lár an stáca. Thug sí léi isteach an dá phunann. Scuab sí leac an tinteáin agus nigh agus thriomaigh. Ansin las sí geitire giúise agus dhóigh sí an phunann ar an leac. Níor dódh ach an tuí agus an *lóchán* áfach. Níor dódh an gráinne ach cruadh é go hálainn. Bhailigh sí suas an coirce crua agus d'ardaigh sí léi amach é, agus lig sí an ghaoth tríd i dtreo gur glanadh as go baileach a raibh de luaithreach an tuí agus an lócháin ann. Nuair a bhí sé go breá glan aici thug sí léi isteach é agus chuir sí sa bhró é agus mheil sí é. Ansin chuir sí trí *chriathar* gharbh é agus ansin trí chriathar mhín i dtreo nár fhan aon bhlúire cátha ann. Ansin chuir sí in árthach adhmaid an mhin agus mheasc sí braon maith nua-uachtair ar an min, agus chuir sí spúnóg san árthach agus thug do Shéanna é. D'ith sé é agus is é an rud a cheap sé ina aigne ná nár chaith sé riamh ná nár bhlais sé bia ab fhearr ná an bia sin, bhí sé chomh folláin agus chomh dea-bhlasta sin, chomh buacach agus chomh blasta sin.

Bhí an ghrian ag dul faoi agus Séanna ag fágáil an tí sin. Um an dtaca ina raibh sé sa bhaile bhí smut de thosach na hoíche caite. Las sé ceann de na coinnle áirneáin. Rug sé ar an gcathaoir shúgáin agus chuir sé ina seasamh í, díreach san áit ina raibh sí an lá a ceanglaíodh ann í. Chuir sé an scilling fúithi istigh i lár baill, faoi mar a dúradh leis. Chaith sé luaithreán beag anuas ar an scilling i dtreo nach bhfeicfí í. Ansin shuigh sé ina shuíochán oibre agus chrom sé ar obair. Nuair a bhí sé ag obair ar feadh tamaill cheap sé nach bhféadfadh uair an mheán oíche a bheith i bhfad uaidh. Faoi dheireadh chuir an mearbhall agus an fáscadh agus an sníomh a bhí ar a aigne faire na haimsire as a cheann ar chuma éigin i dtreo gur ghluais an aimsir gan fhios dó. Mhothaigh sé go tobann mar a bheadh duine éigin láithreach. Thóg sé a cheann. Bhí an Fear Dubh ina sheasamh ar a aghaidh amach.

D'fhéach an bheirt ar a chéile. Níor róchneasta an fhéachaint í ar aon taobh acu. Mhothaigh Séanna an scanradh ag teacht air féin díreach mar a tháinig an chéad lá. Rug sé greim daingean ar an tseoid a bhí ina bhrollach aige. D'imigh an scanradh de. D'fhéach sé go cruinn ar a namhaid. Chonaic sé na hadharca agus an t-éadan drochaigeanta, na súile millteacha, fíochmhara agus an meigeall, agus an t-eireaball agus an chrúb. Agus chonaic sé rud nach bhfaca sé an chéad lá. Chonaic sé ar mhéara na lámh ingne móra fada cama, mar a bheadh ar chrobh fiolair. Agus bhí bior ar gach ionga díobh chomh caol chomh géar agus a bhí ar an meana a bhí ina lámh aige. D'fháisc sé a lámh arís ar an tseoid a bhí ina bhrollach aige agus d'imigh an scanradh sin leis. Thug an Fear Dubh faoi deara conas a d'imíodh an scanradh de Shéanna ach níor thuig sé é. Bhí ionadh air cad a thugadh an misneach dó, nó cad é an chúis nach bhféadfadh sé féin greim a bhreith láithreach air.

"Cad ina thaobh nach bhfuil tú ag gluaiseacht liom?" ar seisean faoi dheireadh. "Nach cuimhin leat an margadh?"

"Is cuimhin liom an margadh go dianmhaith," arsa Séanna, "ach ní dóigh liom gur cuimhin leatsa é."

"Nárbh é an margadh," arsa an Fear Dubh, "mise a thabhairt oiread airgid duitse agus a cheannódh leathar duit ar feadh trí bliana déag agus tusa teacht liom nuair a bheadh an méid sin aimsire caite?"

"B'in é an margadh," arsa Séanna.

"Cad ina thaobh nach ngluaiseann tú ort, más ea?" ar seisean.

"Mar níl an aimsir caite," arsa Séanna.

"Níl an aimsir caite, an ea?" arsa an Fear Dubh. "Tá trí bliana déag anois díreach ó chuireas mo sparán i do lámh isteach chugat."

"B'fhéidir go bhfuil," arsa Séanna, "ach níl an sparán trí bliana déag i mo sheilbhse fós. Tógadh uaim ar feadh tamaill é."

"Tógadh uait é!" arsa an Fear Dubh. "Ní chreidfinn focal uait! Cé thóg uait é?"

"Tú féin is dócha," arsa Séanna.

"Ní mé," arsa an Fear Dubh.

"Is dócha," arsa Séanna, ag cur smuta gáire as, "gur dóigh leat gur cheart go gcreidfinnse tusa." .

"Cathain a tógadh uait é?" arsa an Fear Dubh.

"Is dócha gur agatsa is fearr atá a fhios sin," arsa Séanna. "Is *ort a bhí* gan a ligean d'aon duine é a thógáil uaim."

"Agus cheap mé nár lig mé," arsa an Fear Dubh. "Is mór an ionadh liom a rá gur fhéad aon duine é a bhreith uait gan fhios dom. Cathain a bheidh an aimsir caite?"

"Nuair a bheidh na trí bliana déag caite," arsa Séanna, ag cur smuta eile gáire as.

"Is deisbhéalach atá tú!" arsa an Fear Dubh, ag baint fáscadh as na hingne. "Ach fan leat go fóill. Bainfear cuid den deisbhéalaí díot ar ball, geallaim duit é."

Bhí lámh Shéanna go daingean ar an tseoid a bhí istigh ina bhrollach aige. Stad an bheirt ag féachaint ar a chéile. Séanna ina shuí ina shuíochán oibre. An bhróg

ina lámh chlé aige, anuas ar a leathghlúin. An lámh dheas istigh ina bhrollach aige. An Fear Dubh ina sheasamh ar a aghaidh amach. Ionadh agus fearg agus mioscais agus mailís agus drochaigne ag brú ar a chéile ina bhéal agus ina shúile agus thuas san éadan marfach aige.

"Dá gcaithfinn fanacht anseo go maidin," ar seisean, "ní scarfaidh mé anois leat!"

"Ach ní gá an fhearg," arsa Séanna. "Glac réidh an scéal. Is rómhaith atá a fhios agat, nuair a thiocfaidh an t-am nach bhfuil aon dul uait agam. Rinne tú do mhargadh daingean a dhóthain, faoi bhrí na mionn. Thoiligh mé chuige. Tá a thoradh sin agam anois. Ba mhaith é an t-airgead an uair sin, dar liom. Is beag an mhaith anois é. Ba bhreá agus b'fhada an tréimhse aimsire trí bliana déag an uair sin, nuair a bhí siad romham amach. Cad é an mhaith iad anois! Ach pé olc maith iad ní foláir iad a chríochnú go macánta dleathach. Ní raibh aon cheart agat teacht go dtí go mbeidís críochnaithe. Níl siad críochnaithe fós agus ní mór domsa dícheall a dhéanamh ar an mbróg seo a chríochnú, má fhéadaim é. Imigh uaim suas agus suigh sa chathaoir sin thuas agus lig dom mo ghnó a dhéanamh."

"Is tú an fear is éagsúlaí dar bhuail riamh fós liom!" arsa an Fear Dubh. "Níl de scáth ná d'eagla agat romham ach oiread is a bheadh roimh choileán gadhair!"

"Is dóigh leat," arsa Séanna, "ó tá adharca agus ingne ort gur ceart dúinn dul i bpoll uait. Is liomsa an aimsir fós. Oireann dom an bhróg seo a chríochnú. Tá a fhios agat go maith nach bhfuil an t-am ann fós agus go bhfuil an margadh agat á bhriseadh. Imigh ansin suas agus suigh sa chathaoir sin thuas agus ná labhair liom arís go dtiocfaidh an t-am ceart, nó beidh an margadh scortha agat féin agus mise réidh leat. Féach! Sin é an sparán.

Sin í an bhróg. Sin é an leathar. Is liomsa an aimsir fós. Cad ab áil leat i do sheasamh ansin do mo chosc ar mo ghnó! Imigh suas agus suigh, nó tá an margadh scaoilte agus mé scartha leat."

Thosaigh barr an eireabaill ar shnapchasadh, díreach mar a dhéanfadh eireaball an chait nuair ba dhóigh leis go mbeadh an francach chuige amach as an bpoll.

"An imeoidh tú?" arsa Séanna, agus faobhar ar a ghlór, agus bhog sé chun éirithe, mar dhea.

Ní dhearna an Fear Dubh ach iompú agus imeacht suas agus suí sa chathaoir, faoi mar a dúradh leis.

10

Chrom Séanna ar obair. Bhí an Fear Dubh ina shuí sa chathaoir agus a dhroim le Séanna. Bhí an t-eireaball siar tríd an gcathaoir agus anuas ar an talamh agus bhí radharc ag Séanna ar an ionga. Níorbh fhada gur airigh sé únfairt éigin ar siúl sa chathaoir. Bhí an Fear Dubh thuas agus é á únfairt féin agus á chasadh féin faoi mar a bheadh sé ag iarraidh éirí agus nach bhféadfadh sé é. Phreab Séanna ina shuí agus siúd suas é. Sheas sé ar aghaidh an Fhir Dhuibh amach ag féachaint air. Bhí an Fear Dubh i gcruachás. Bhí an corrán agus an meigeall ar crith agus ar luascadh. Bhí an dá adharc ar bogadh agus iad ag titim anonn is anall ar a cheann. Bhí an dá lámh go daingean aige i nglúine na cathaoireach, agus na hingne ag dul isteach tríd an adhmad, agus é ag únfairt agus ag cneadach. Bhí an t-eireaball siar síos uaidh, sínte amach agus anuas ar an talamh, agus an ionga ag déanamh díoscáin ar an urlár.

"Sea, a phreabaire!" arsa Séanna. "Ní deirim ná go bhfuil greim agam ort!"

"Ó, a Shéanna, tá tú daingean!" ar seisean, "bog díom go dtí go mbeidh an t-am ceart ann!"

"Foighne, foighne!" arsa Séanna. "Níl aon ní níos fearr ná an fhoighne. Buann an fhoighne ar an gcinniúint."

"Ó," arsa an Fear Dubh, agus é ag únfairt agus ag cneadach, "lig uait mé a Shéanna, agus ní thiocfaidh mé go dtí go mbeidh an t-am ann."

"Sea, agus tiocfaidh tú ansin", arsa Séanna. "Níl aon

dithneas mar sin ormsa. Freagairse cúpla ceist domsa ar dtús!" arsa Séanna go breá réidh.

"Cuir chugam iad! Cuir chugam iad!" arsa an Fear Dubh.

"Cad d'imigh ar fhear na méaracan?" arsa Séanna.

"Tá sé anseo ceangailte agat go daingean."

"Tusa!" arsa Séanna.

"Mise go díreach, thar a bhfaca tú riamh," arsa an Fear Dubh.

"Agus cad a bhí agat á dhéanamh ar an aonach?" arsa Séanna.

"Bhí a lán agam á dhéanamh ann. Aon ní amháin, bhí mé ag faire ortsa féachaint an gceannófá an capall úd. Dá gceannófá bhí an margadh briste agat agus greim agam ort."

"Agus bhogfá díom!" arsa Séanna.

"Am briathar, nach mbogfainn!" arsa an Fear Dubh.

"Ní bhogfaidh mise díotsa go ceann tamaill," arsa Séanna, "i gcás go bhfuil sé chomh maith agat do shuaimhneas a cheapadh agus foighne a bheith agat. Tá an lámh uachtair agam ort agus cuirfidh mé mo thoil i bhfeidhm ort fad atá an chaoi agam air. An rud a dhéanfása ormsa dá mbeadh an chaoi agat air. Tá sé chomh maith againn a bheith macánta díreach inár ndéileáil lena chéile. Déanfaidh mise mo dhícheall d'olc ortsa anois agus déan tusa do dhícheall d'olc ormsa ar ball, nó chomh luath agus a bheidh an chaoi agat air. Pé maith a dhéanfaí duit ní bhfaighfí uait dá bharr ach an t-olc. Rinne do chuid airgid maitheas mór domsa le trí bliana déag. Conas a thaitin leat a ndearna mé de mhaitheas le do chuid airgid? Thug mé gaoth don sparán, nár thug mé? Ar tháinig leatsa puinn den tairbhe a loit? Cad é do mheas ar an scéal?"

Scairt an Fear Dubh ar gháire, dá mhéid tinnis a bhí air. Stad Séanna ag féachaint air. Chuimil sé a lámh dá shúile agus d'fhéach sé arís air. D'fhéach an bheirt sna súile ar a chéile ar feadh tamaill.

"Is tú an Diabhal!" arsa Séanna faoi dheireadh.

"Ní bhainfeadh an Diabhal féin an bhearna díotsa!" arsa an Fear Dubh. "Cheap mé go gcuirfeadh an t-airgead amú tú. Is annamh duine a fhaigheann é nach ndéanann aimhleas dó féin agus b'fhéidir dá lán eile mar gheall air. Cheap mé go dtiomáinfeadh an t-airgead amú tú mar a thiomáineann sé gach aon duine a fhaigheann é nach mór. Nuair a fuair mé ar an aonach tú ag ceannach an chapaill mheas mé go raibh tú agam láithreach. Cheap mé go raibh do phort seinnte, nach mór sula raibh sé tosaithe i gceart. Nuair a chonaic mé ag imeacht tú agus gan an ceannach déanta bhí ionadh orm cad a bhí ag cur ort. Thug mé tarcaisne duit os comhair na ndaoine féachaint an bhfillfeá agus an t-airgead a dhíol. Níor fhill tú. Chrom tú do cheann agus rith tú leat féin mar a dhéanfadh spreallairín madra. Ní fheadar an bhfuil fear eile beo a d'fhéadfadh a leithéid a dhéanamh. Sin é a mhill mé. Sin é a chuir tusa ansin agus mise anseo. Seo! Seo! Lig uait mé! Ní bhfuair mé a leithéid de bheiriú le fada. Sceimhle ort! Lig uait mé! Cad ab áil leat anseo díom?"

"Go réidh! Go réidh!" arsa Séanna. "Is mó de dhua an oilc atá agat á fháil. Is dóigh liom gur mó a fhaigheann tú de dhua an oilc ná mar a fuair aon duine riamh de dhua maitheasa. Agus gan agat de bharr do shaothair ach an t-olc. Is mór é d'eolas. Is mór í do chiall. Is ciall cheannaigh agat í, nó an chuid is mó di. Tá intleacht ghéar agat. Tá an aigne go haibí agat. Níl d'úsáid agat á dhéanamh de na tréithe maithe ach a bheith ag saothrú an oilc leo. Níl de thoradh ar do shaothar ach an t-olc. Is bocht an scéal agat é."

D'fhéach an Fear Dubh sna súile ar Shéanna agus mheas Séanna nach bhfaca sé riamh féachaint chomh diablaí.

"Féach, a Shéanna," ar seisean, "níor labhair aon duine fós ar an gcuma sin liom. B'fhéidir dá labharfadh nach mbeadh an scéal inniu agam mar atá. B'fhéidir gurbh fhearr *déanaí ná ródhéanaí*. Ach cad ab áil leat anseo díom anois? Lig uait mé agus bíodh trí bliana déag eile agat!"

"Sea go díreach!" arsa Séanna. "Agus ansin má théim ar aonach nó ar margadh ag ceannach bó nó capaill tiocfaidh tú i d'fhear méaracán agus tabharfaidh tú 'gréasaí beag buí na mealbhóige' orm os comhair na ndaoine, agus beidh tú ag faire orm, de ló is d'oíche féachaint cathain a dhéanfainn dearmad. Ní beag liom den sórt sin margaidh."

"Cuirimis sa mhargadh gan mé teacht i do ghaire in aon chor i gcaitheamh na haimsire," arsa an Fear Dubh.

"Ná aon duine uait," arsa Séanna.

"Ná aon duine uaim," arsa an Fear Dubh.

"Agus neart a bheith dom aon úsáid is maith liom a dhéanamh den airgead," arsa Séanna.

"Déan do rogha úsáide de," arsa an Fear Dubh. "Ceannaigh a bhfuil de bha agus de chapaill ar aontaí na hÉireann leis más maith leat é."

"Abair 'bíodh ina mhargadh!'" arsa Séanna.

"Bíodh ina mhargadh!" arsa an Fear Dubh.

"Faoi bhrí na mionn!" arsa Séanna.

"Faoi bhrí na mionn!" arsa an Fear Dubh.

Ní túisce a bhí an focal sin as a bhéal ag an bhFear Dubh ná bhí sé ina shuí as an gcathaoir agus a dhá lámh sínte amach aige chun breith ar Shéanna!

"A phreabaire," ar seisean, "dúirt mé nach dtiocfainn ach ní dúirt mé go n-imeoinn!"

Ba mhaith an mhaise ar Shéanna é, tharraing sé an lámh dheas amach as a bhrollach agus an tseoid aige inti, agus d'ardaigh sé a lámh i gcoinne a namhad.

"Fíor na Croise idir mé agus tú!" ar seisean, agus rinne sé Fíor na Croise leis an lámh agus an tseoid inti.

Nuair a chonaic an Fear Dubh an lámh tharraing sé siar beagán. Nuair a dúirt Séanna na focail bheannaithe las an solas sa liathróid chomh láidir sin go raibh sé ag taitneamh tríd an lámh amach, i dtreo go raibh radharc ar na cnámha agus ar na féitheacha. Le linn na bhfocal a chríochnú do Shéanna rinne liathróid tine den Fhear Dubh os cionn na cathaoireach. Ansin tháinig mar a bheadh soc caol thíos ar an liathróid tine agus ghluais sí síos tríd an gcathaoir, ina slabhra tine síos tríd an talamh, san áit díreach ina raibh an scilling.

Fad a bhí an slabhra tine ag sleamhnú síos tríd an talamh mhothaigh Séanna mar a bheadh fionnchrith ina chraiceann agus mar a bheadh luascadh fola ina bhaill beatha agus ina cholann agus suas ina cheann.

Bhí a cheann i riocht scoilte le tinneas. Bhailigh sé leis, chomh maith agus a d'fhéad sé é, go dtí an áit ina raibh a leaba, agus shín sé inti. Bhí sé gan aithne gan urlabhra láithreach.

11

Dhúisigh sé as a chodladh. Nuair a chorraigh sé a lámh agus fuair sé an t-éadach leapa air bhí ionadh a chroí air. Chrom sé ar mhachnamh agus ar smaoineamh agus ar chur agus ar chúiteamh ina aigne, ag iarraidh a dhéanamh amach conas a tháinig sé isteach ón gcnoc. Níorbh fhéidir leis an scéal a thuiscint. D'fhéach sé i dtreo na fuinneoige. Chonaic sé duine thall in aice na fuinneoige. Bean ba ea í. Tháinig ionadh agus alltacht ar fad ar Shéanna nuair a chonaic sé í sin. Mhothaigh sé a chnámha tinn. D'fhéach sé ar a dhá lámh. Ní raibh iontu ach na cnámha. Chuir sé lámh síos ar a chliabh. Bhí na heasnaíocha chomh lom aige le seanchiseán!

Ghlaoigh sé ar an mbean. Níor aithin sé a ghlór féin bhí an glór chomh lag sin. Phreab sise chuige anall láithreach. "Ó," ar sise, "tá do chiall agus do mheabhair agat faoi dheireadh! Ná labhair a thuilleadh anois, tá tú rólag chun puinn cainte a dhéanamh. Tá deoch anseo agam duit. Ól uaim é. Níl baol ort anois le cúnamh Dé." Agus shocraigh sí an piliúr faoina cheann.

Dhún sé a shúile ag ligean air gur ag titim ina chodladh a bhí sé. Bhí an aimsir imithe glan as a chuimhne agus as a aigne. *Thabharfadh sé an leabhar* nach raibh thar trí huaire an chloig nó mar sin ó bhí sé sa phlásóg ar an gcnoc ag caint leis an mbean chosnocht. Ní raibh aon bhlúire cuimhne aige ar ar thit amach ón nóiméad a scar sé léi gur dtí gur tháinig a mheabhair chuige ar an leaba. Ní raibh blúire cuimhne aige ar an sníomh a bhí ar a aigne agus é ag feitheamh ar an bhFear Dubh, ná ar theacht an Fhir Dhuibh, ná ar an *abhcóidíocht* a bhí eatarthu, ná ar an gcuma inar scar siad lena chéile.

Chomh luath agus a tháinig an chiall agus an mheabhair dó thosaigh sé ar dul i bhfeabhas go tiubh. Thosaigh an fheoil ag teacht. Dá loime a bhí na heasnaíocha aige níorbh fhada go raibh siad ag dul ó chomhaireamh. Mí díreach tar éis an leaba a fhágáil dó, bhuail chuige suas ón tsráid, fear cinn riain an rí agus fiche marcach in éineacht leis. Bhí a chlóca síoda ar gach fear díobh, agus a chaipín cogaidh, agus a chlaíomh fada síos le maothán a chapaill, agus a chlaíomh gearr ina chrios aige, agus a shleá bhreá fhada fuinseoige ina seasamh in airde aige agus ceann fada caol, de chruach gheal ghéar ag taitneamh agus ag spréacharnach sa ghrian ar an sleá, agus na ribíní síoda ag rince sa ghaoth, thuas idir adhmad agus iarann ar an sleá. An té a d'fhéachfadh ar na fir sin agus a d'fheicfeadh na súile glana géara, déarfadh sé gan amhras nárbh aon dóichín iad don namhaid a cheapfadh aon chur isteach a dhéanamh orthu.

"Sea, a Shéanna," arsa an ceannaire, "tá an tréimhse úd caite. Is dócha go bhfuil gach ní curtha i dtreo agat um an dtaca seo. Is fada leis an rí go bhfeicfidh sé thíos ina aice tú. Is do d'iarraidh a thángamar."

"Tá go maith a dhuine uasail," arsa Séanna. "Pé rud atá i dtreo nó nach bhfuil, an rud a gheall mé, comhlíonfaidh mé é."

Agus d'imigh sé leo.

Focail agus nathanna

1. mealbhóg, *satchel*
an uile dhailtín, *every scoundrel*
cosnocht, *barefoot*
dar bhrí na mionn, *upon my oath*
2. a cheannaithe, *his features*
scinn sé, *he vanished*
sracfhéachaint, *glance*
3. go dea-chraiceann groí cumasach, *sleek and powerful*
méaracán, *thimble*
ar cairde, *on credit*
4. na meanaí ... agus na cip, *awls, lasts, shoemaker's tools*
an t-eiteachas, *refusal*
beathaithe, *plump*
ceannfaol, *shame*
5. mórchúiseach, *selfimportant*
cáithníní solais, *rays of light*
6. cleamhnas, *match, arranged marriage*
tásc ná tuairisc, *sight nor sound*
mothaolach, *gullible*
daoradh iad chun a gcrochta, *they were sentenced to be hanged*
7. neamhní liomsa saibhreas saolta, *worldly wealth is nothing to me*
8. straidhn, *frenzy*
de shníomh agus d'fháscadh, *anxiety and worry*
amhscarnach, *dawn*
bró chíordhubh, *black expanse*
táthar chugat, *you're for it*
gholll ... ar an margadh, *threaten the agreement*
lámh uachtair, *upper hand*
9. lóchán, *chaff*
criathar, *sieve*
is ort a bhí ...., *it was up to you ...*
10. dithneas, *hurry*
déanaí ná ródhéanaí, *late than never*
11. thabharfadh sé an leabhar ..., *he could swear ...*
abhcóidíocht, *debating*
